AMEISAMT

Die roten Strolche

Achim Greser · Heribert Lenz · Christian Schmidt · Hans Zippert

ELEFANTEN PRESS

Der Verlag mit der Ziege

Heinz Schubel (†) gewidmet

Der Verlag dankt dem endgültigen Satiremagazin TITANIC für die freundliche Genehmigung zum Nachdruck der Strolche-Abenteuer.

Umschlag: Achim Greser/ Heribert Lenz
Druck und Bindung: Proost N.V., Belgien

EP 520
ISBN 3-88520-520-3

ELEFANTEN PRESS
Am Treptower Park 28–30
12435 Berlin

Die Deutsche Bibliothek – CIP-Einheitsaufnahme

Die roten Strolche / Achim Greser ... - Berlin : Elefanten Press, 1994
(EP ; 520)
ISBN 3-88520-520-3
NE: GT

Björn

In einem Wald, nicht weit von hier,
da lebte einst ein Schnabeltier.
Das war, Ihr werdet es noch hör'n,
ein Enterich mit Namen Björn,
und alle Tiere nah und fern,
die haben diese Ente gern.
Björn führt ein Leben wunderbar
zusammen mit der Freundesschar:
Da gibt es solche und auch solche,
man nennt sie bald: die Roten Strolche.

Und Björn ist Führer von der Bande,
der größte Schwätzer dort im Lande.
Ein Stück weit da, ein Stück weit hier,
so quakt das eitle Ententier,
denn Björn will bald den Wald regieren,
als Förster Chef sein von den Tieren,
und nimmt sich deshalb schrecklich
wichtig,
doch ist im Kopf er nicht ganz richtig.
Denn, das ist wirklich ungezogen,
die Ente hat uns nur belogen.
Die Strafe folgt gleich auf dem Fuße,
und Björn tut ziemlich furchtbar Buße.

BJÖRNs
lustige
Abenteuer
Der Oberförster hat den Wald total verkommen lassen. Jetzt will endlich einer aufräumen: Försterkandidat Ente Björn, die große Hoffnung der Waldtiere.
Tolle Kirchen tags-Lieder
Das ist Schmutz total hier! Schlimm! Dagegen müssen wir was tun, Genossen!
Am besten brennen wir das Forsthaus ab. Das ist der größte Müllplatz.
Aber Oskar! Versöhnen statt spalten!
Was ist los?
Was steht denn im Godesberger Pfadfinder-programm dazu?
Ich schlage vor, daß wir den Wald aufräumen und mit dieser alten Wanne anfangen.
Aufräumen. Wie langweilig.
Eine jesusmäßig tolle Idee!
Ich hab's. Mit diesem Mechanismus hat damals Ollenhauer die SPD über 30% gehievt.
Das ist zu schwierig, Hans-Jochen. Jetzt ist entschlossenes und zupackendes Handeln gefragt. Ulrich, ein Seil!
Wie toll er schwimmen kann. Viel besser als sein Bruder Uwe.
Der hätte auch vorm Schwimmen kein Blei trinken sollen.
Schwimmen. Wie langweilig.
Kannst Du mir vielleicht eine Milliarde Mark leihen?
Und wenn ich »Hau Ruck« sage, zieht Ihr alle!
Von mir kriegste nichts, Ossi-Bär!

...und mach, daß wir Erfolg haben, keiner was merkt und Björn die Wahl gewinnt.
SPD PARTEI BUCH
Hau Ruck! Hau Ruck!
...was die Leute so alles wegschmeißen.
Sie hat sich nicht bewegt. Noch nicht einmal ein Stück weit.
Das ist unfair. Immer, wenn es ernst wird, hilft mir keiner. Ich dachte, Ihr fühlt Euch dem Prinzip Solidarität verpflichtet.
Solidarität. Wie langweilig.
Zunächst muß einmal ganz genau analysiert werden, wie, warum und weshalb...
Was ist das für ein schreckliches Geräusch?
Huhhhhhh. Bjöööööörnn. Bjöööööörn. Ich bin's. Erkennst Du mich?
Uwe. Aber ich dachte, Du bist tot! Was willst Du von mir?
Ich will Dich!
PENG
Flieg, Ente, flieg, mein war der letzte Sieg...
Eine tolle Idee von Dir, mit dem Kostüm. Hmm. Wirklich köstlich, dieser Björn. So weich und zart. Kein Vergleich mit Willy...
Fix hat der Oberförster den ersten Kandidaten erledigt. Wer wird der nächste sein? Und verspeist der Förster auch Hunde? Alles im nächsten Heft!

DER FÖRSTER, DIE FÖRSTE

Der Förster ist der dickste Mann
in diesem dünnen Buch, er kann
ein halbes Schwein auf einmal essen,
da kann sich keiner mit ihm messen.
Doch muß es wohl in seinem Leben
noch irgend etwas and'res geben.
Zum Beispiel hat er eine Frau,
warum, weiß keiner so genau.
Auf keinen Fall dient sie zur Paarung –
als sexuelle Offenbarung
kann man sie nur bedingt anseh'n.
Selbst Oskar würde sie verschmäh'n,
(was auch für unser'n Förster gilt).
Der liebt's zwar manchmal ziemlich wild,
doch seine ganze Fleischeslust
beschränkt sich nur auf Perlhuhnbrust.
Die Speisekarte rauf und runter,
das macht den Dicken richtig munter.
Des Mannes erogenste Zone
ist beischlaftechnisch nicht ganz ohne:
Natursekt oder vaginal,
das reizt ihn nicht, ist ihm egal;
den Höhepunkt, so kann man sagen,
erlebt der Förster nur im Magen!

Von Deppen, Dusseln und Idioten,
von Nieten, Nullen und Knall-
schoten,
von Bütteln, Blödis und Schwachmaten,
läßt sich der Förster gern beraten.
Der Schäuble, das muß jeder sehn,
der kann noch nicht mal selber gehn.
Das braucht ihn keineswegs zu kränken,
denn er kann ausgezeichnet lenken.
Auch Seiters, dieser blinde Fisch,
aß gerne an des Försters Tisch.
Doch Ordnung hielt er nicht im Wald,
da machte ihn sein Dienstherr kalt!
Der Kante trat an seine Stelle
und rückt den Strolchen auf die Pelle.

Ja, dieser Mann ist eine Zecke,
doch Wolfgang Bötsch ist eine Schnecke.
Dem wird's im Leben nicht gelingen,
die Post auf Vordermann zu bringen.
Der Herr ist ziemlich symptomatisch
(wenngleich nicht völlig unsympa-
thisch),
für die Verhältnisse im Wald.
Die ändern sich auch nicht so bald,
denn Ziege und die roten Strolche,
das sind doch praktisch ebensolche
Versager, Nieten und Schwachmaten,
kurz: windelweiche Strolchokraten!
Drum, tut es Euch auch noch so weh:
Wählt niemals Zieges SPD*!

* Strolch Partei Deutschlands

Die roten Strolche
R.I.P
In der letzten Folge hat der gemeine Oberförster die vorwitzige Ente Björn erschossen. Heute haben die Waldtiere den jungen, hoffnungsvollen Försterkandidaten zu Grabe getragen. Und alle sind gekommen: Johannes, das fromme Schnabeltier, der schlaue Fuchs Ulrich, Oskar, der Frechdachs, der raffinierte Hund Schröder, Ossi-Bär, das Faultier, Hans-Jochen, der pedantische Vogel. Und auch die flotte Heidi Gans mit Scharping, dem verbiesterten Ziegenbock.
»... hell aus dem dunklen Vergaahaaangenen, leuheuchtet die Zukunft hervor.«
Herbe
August
Willy
Ollen hauer
KURT
BJÖRN
»... und dort oben warten riesige goldene Badewannen auf Dich, in denen Du schwimmen wirst nach Herzenslust ...«
Während das Schnabeltier eine seiner gefürchteten dreistündigen Predigten hält, nähert sich dem Wald von weitem ein Wagen. Wer mag das sein?

Das ist Eule Seiters, der Förstergehilfe. Eule heißt er wegen der großen Brille. Er bewacht den Wald und hat strengsten Befehl, niemanden hineinzulassen.
Das sind die Neuankömmlinge: Pinguin Sinti und Katze Roma, Kamel Gaddafi und Kroko Saddam. Und Captain Papalagi, der Kundschafter der munteren Schar. Aber wieso läßt sie Eule Seiters so einfach in den Wald?
Ganz einfach: Eule Seiters' Brille ist ein Nachtsichtgerät. Jetzt aber ist Tag. Da kann Eule überhaupt nichts erkennen!
Nur wenig später, an anderer Stelle, hört man Schnabeltier Johannes gar nicht mehr richtig zu.
»Ich werd' der neue Björn.«
»Nein, ich!«
»Gänse an die Macht!«
»...und also spricht der Herr August Bebel: Gehet hin nach Weimar. Dort werdet Ihr finden...«
Na, das ist ja eine schöne Beerdigung. Kaum ist Björn unter der Erde, streiten sich die Tiere schon wieder. Und das vor ihren Gästen, denen das Schnabeltier gleich freundlich seine Gastfreundschaft aufgedrängt hat.
»Ollenhauer aber spricht: Lasset die Asylanten zu mir kommen, denn ihrer ist das...«
»Wer Chef der Tiere ist, kann nicht Försterkandidat sein.«
»Ich will Chef und Kandidat sein.«
»Glaubst Du, die Waldtiere wählen eine stinkendlangweilige Ziege?«
Oh je, ist das ein Streit. Da hat Pinguin Sinti eine Idee. Für die Gastfreundschaft der Tiere will er sich revanchieren und ihren Streit entscheiden. Wer das Kügelchen unter dem Hütchen findet, soll neuer Björn werden, wer nicht, den will er im Wagen mitnehmen, damit der Streit für alle Zeiten ein Ende hat. Da sind alle Waldtiere natürlich einverstanden.
»Na, Ziege, wo ist Kügelchen?«

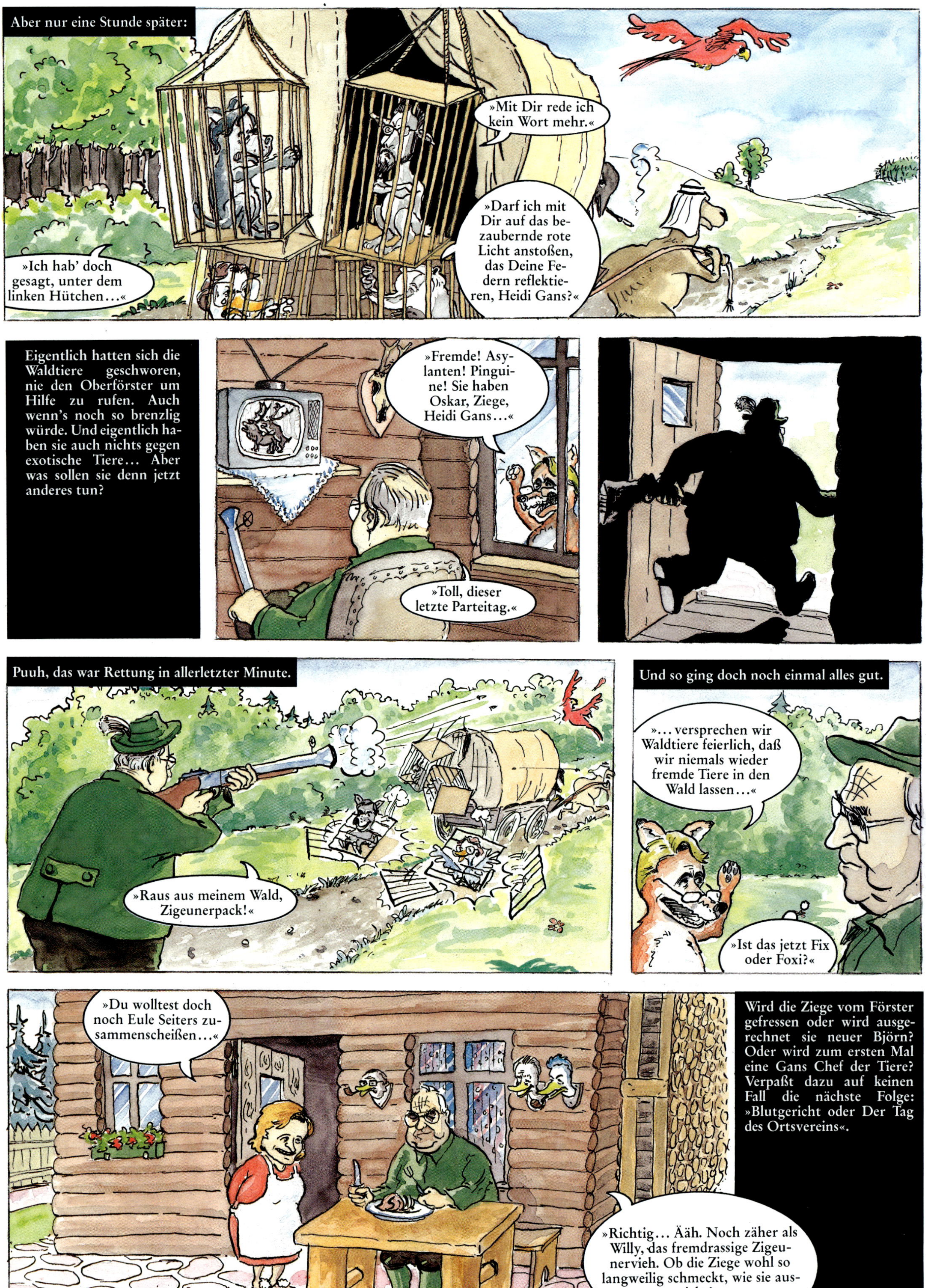
Aber nur eine Stunde später:
»Mit Dir rede ich kein Wort mehr.«
»Darf ich mit Dir auf das bezaubernde rote Licht anstoßen, das Deine Federn reflektieren, Heidi Gans?«
»Ich hab' doch gesagt, unter dem linken Hütchen…«
Eigentlich hatten sich die Waldtiere geschworen, nie den Oberförster um Hilfe zu rufen. Auch wenn's noch so brenzlig würde. Und eigentlich haben sie auch nichts gegen exotische Tiere… Aber was sollen sie denn jetzt anderes tun?
»Fremde! Asylanten! Pinguine! Sie haben Oskar, Ziege, Heidi Gans…«
»Toll, dieser letzte Parteitag.«
Puuh, das war Rettung in allerletzter Minute.
»Raus aus meinem Wald, Zigeunerpack!«
Und so ging doch noch einmal alles gut.
»…versprechen wir Waldtiere feierlich, daß wir niemals wieder fremde Tiere in den Wald lassen…«
»Ist das jetzt Fix oder Foxi?«
»Du wolltest doch noch Eule Seiters zusammenscheißen…«
»Richtig… Ääh. Noch zäher als Willy, das fremdrassige Zigeunervieh. Ob die Ziege wohl so langweilig schmeckt, wie sie aussieht?«
Wird die Ziege vom Förster gefressen oder wird ausgerechnet sie neuer Björn? Oder wird zum ersten Mal eine Gans Chef der Tiere? Verpaßt dazu auf keinen Fall die nächste Folge: »Blutgericht oder Der Tag des Ortsvereins«.

RUDOLF

Freund Ziege ist kein Schnabeltier,
wenn Du's nicht glaubst, beweis'
ich's Dir:
Man sieht's am Bart und an den Zähnen,
und wenn er spricht, dann muß
man gähnen.
So mancher, der nicht schlafen kann,
der hört sich Zieges Reden an.
Dann geht's ganz schnell, man glaubt es
kaum,
erst kommt der Schlaf und dann der Traum.
Wenn Ziege schläft, dann träumt er auch:
Er hätte einen dicken Bauch,
wär' nicht so dünn wie Manfred Wörner
und hätt' 'nen Hut und keine Hörner.
Das Försteramt will er bekleiden;
helft alle mit, das zu vermeiden!
Denn heißt der Förster erst mal Ziege,
macht der Verstand sofort die Biege.
Soll Euch sein Anblick weiter quälen,
dann müßt Ihr einfach Ziege wählen.
Seid bei der Försterwahl dabei,
stimmt für die

Deutsche Strolch Partei!

Die roten Strolche

FOLGE 3

Wer hätte das gedacht: Da haben die Tiere eine stinkendlangweilige Ziege zum Chef gewählt. Gar nicht faul, hat die sich dann gleich selbst zum Försterkandidaten gemacht. Hut ab, Ziege, bzw.: Meck, meck, meck! Das mußte natürlich gefeiert werden. Mit viel Ziegenbockbier, Wein und Schnaps. Oh je, da haben unsere roten Racker wohl alle ein wenig zu tief ins Glas geschaut – und so tief geschlafen, daß keiner gemerkt hat, was mit dem Wald Schlimmes passiert.

Mein schöner Pelz. Er hat mich damals 1000 Westmark gekostet.
Iiiiiiiihhhh, so tut doch was!
Oh, du schöner Westerwa ... kkkrrrs ...
Als erster hat Schnabeltier Johannes seine Fassung wiedergefunden. Er ist der Älteste und Erfahrenste – und der Religiöseste. Er wird mit dem »altbösen Feind« schon fertig.
Vade retro, Leibhaftiger!
???
Auch Ulrich ist nicht faul. Mit seinem Wunderaktenkoffer hat er bis jetzt jedes Problem gemeistert.
Hab' ich Euch, Ihr Biester!
Und Vogel? Auch Vogel weiß sich zu helfen auf seine Art.
So. Jetzt werdet Ihr abgeheftet und abgelegt. Damit ist der Vorgang erledigt.
Na, denkste, Vogel!
Knirsch!
Pardauz!
Autsch, du Teufel.
Auch Oskar versucht sein Bestes. Aber wo ist eigentlich Ziege Scharping? Hat der neue Chef der Tiere sie beim ersten Problem einfach im Stich gelassen?
Iiiiiiiiiiihhhh!
1989er Rotkäppchen-Sekt. Das hat noch keiner überlebt.
Ziege aber ist nicht abgehauen, sondern hat Hilfe geholt. Seinen alten Freund, den Wecker Konstantin. Der wird den Raupen schon heimläuten!
... und dann singst Du einfach Dein Lied. Und bumsti: fallen die Viecher tot um!
Logo! Ssssuper! Okay!

Das Lied, das der Wecker Konstantin da singt, hat schon unzählige Menschen schier narrisch gemacht. Aber ob's auch bei Raupen wirkt?
Heute, da werdn die Raupppn derschlogn . .
Grauslich!
Das kleine Konzert hat auch unseren Oberförster angelockt. Aber was quält den braven Jägersmann denn so?
PFFF...
Seit Wochen kein Fleisch. Nur noch Bohnen, Zwiebeln, Sauerkraut und Linsen. Das halte ich nicht mehr aus.
Ja, heuteeee, da wer'n die Raupm derschlogn, fragt's nicht wie, aber sie wer'n totderschlogn . . .
Puuhhh. Da gibt der Herr Oberförster wohl zusätzlich ein kleines Bläsersolo. Unseren Raupen scheint das gar nicht zu gefallen.
Logo! Ssssuper! Okay!
Der Wecker Konstantin hat sein Lied beendet, und die Raupen fallen wie die Flie . . . quatsch, natürlich wie die Raupen tot von den Bäumen. Für die roten Schlaumeier ist natürlich alles klar.
Hurra! Wir haben gesiegt!
Ja, wenn wir schreiten Seit' an Seit' . .
Und Ziege Scharping fühlt sich voll als King. Mach' mal halblang, Ziege!
. . . habe ich wohl meine erste große Herausforderung als Chef der Tiere und Försterkandidat mit Bravour bestanden . . .
Die Ziege kann's!
Ziege vor!
Was benutzt Ziege bloß für ein Deo? Ist das Egoïste?
Hier aber sitzt unser wirklicher Held, der ganz allein dafür gesorgt hat, daß der Wald nicht untergeht. Keiner dankt es ihm. Doch er will auch gar keinen Lorbeer, höchstens als Gewürz zu einem anständigen Braten.
Beim Waldkrämer sind die Ziegenkochbücher aus. Aber Kaufmann Spitzmaus hat mir eins bestellt.
Besser als gar kein Fleisch, dieser Raupensalat. Aber Frau, hast du noch immer kein Ziegenrezept?
Wer ist nun wieder Kaufmann Spitzmaus? Ein Schlitzohr? Und warum klingelt's beim Wecker Konstantin eigentlich nie? Das alles beantwortet die nächste Folge: »Ziege Scharpings Schattenkabinett besucht eine Schattenboxveranstaltung in einer Schattenwirtschaft.« Oder irgendwas ganz anderes.

Anzeige

Was diese Ente so erheitert
und ihren Horizont erweitert,
das ist ein ganz besond're Blatt,
wohl dem, der es im ABO hat!
Wer nämlich seine Macht mißbraucht
und praktisch für sein Amt nicht taucht,
der wird in diesem Heft verpetzt
und daraufhin gleich abgesetzt!
Hat irgend jemand mal gelogen,
wird er zur Rechenschaft gezogen,
und ist er häufig Talkshowgast,
dann kriegt er sofort eins verpaßt!
Auch wer sich einfach nicht entblödet,
mit seinem Christentum anödet,
der fällt bald keinem mehr zur Last,
weil diese Zeitschrift gut aufpaßt!
Das Heftchen ist, man merkt es bald,
die Polizei im Blätterwald.
Doch sitzt man nicht nur zu Gericht,
denn ganz humorlos geht es nicht –
fast unablässig muß man lachen,
wenn Witzemacher Witze machen.
Und bist Du Deutscher aus dem Osten,
geht jeder Scherz auf Deine Kosten!
Ein Narr, wer sich noch lange ziert
und dieses Heft nicht abonniert!
Sag einfach (ohne jede Panik):
Ab heute lese ich TITANIC!!!

Jeden Monat ein neues Strolche-Abenteuer

Die roten Strolche

DER URLAUB

Heute ist im Wald ein ganz besonderer Tag. Der Oberförster und seine Frau fahren in die Ferien. Noch ein paar Ermahnungen für den neuen Förstergehilfen Kante, dann geht's los. Zum schönen Wolfgangsee, wie jedes Jahr. Aber wer hockt denn da auf dem zweiten Wagen? Sind das nicht unsere kleinen roten Freunde? Tatsächlich! Diesmal wollen sie nicht im Wald bleiben. Um endlich hinter das Geheimnis der unendlichen Fitness des Oberförsters zu kommen, fahren sie heimlich mit. Denn nächstes Jahr ist Försterwahl, und wenn Kandidat Ziege schon stinkendlangweilig ist, dann soll er doch wenigstens so fit und ausgeruht sein wie sein gutgenährter Widersacher.

Am Abend ist man am Ziel. Fröhlich begrüßt der Förster die Wirtin Mariandl. Unsere roten Racker haben's nicht ganz so bequem. Aber zum Glück hat Vogel wieder an alles gedacht und ein paar leere Aktenordner vom letzten Waldparteitag mitgenommen.
Oskar, Du schläfst bei Ulrich!
Oooch! Ich wollte doch Heidi heut' nacht meine Weinetikettensammlung zeigen!
Grüß Gott, Herr Oberförster. Die Brotzeit steht schon auf dem Tisch.
Chhhrrrrr … Chhrrrrr
Aber das Wetter am See ist unberechenbar. Buuuhu, bläst der Wind. Witsch, macht der Blitz.
Am nächsten Morgen ist alles vorbei.
Ahhh Das nenn' ich eine Erholung. Schnell, Frau, eine deftige Brotzeit!
Wir hätten in die Toskana fahren sollen, Schätzchen.
Ach herrje! Wie sieht's denn hier aus. Das soll eine Erholung sein, so wird man fit? Und wo soll die nächste Nacht geschlafen werden?
Also ward vertilgt alles, was auf dem Erdboden war, und das Gewässer stand auf Erden hundertfünfzig Tage.
Iiiiiihh! Meine Frisur ist ruiniert.
Doch immer wenn die Not am größten ist, weiß Försterkandidat Ziege Rat.
Tolle Idee, Ziege!
Ein echter Vordenker!
Wieder einmal ist, schnief, entschlossenes Handeln gefragt, Genossen! Ich schlage, hust, vor, ein Feuer zu, schnief, machen und so uns, unsere Kleidung und die, schnief, Zelte zu trocknen.
Oh, Du schöner Westerwald …
Nur einer hat mal wieder keine Sorgen.
Toll, diese Jausenbrotdiät!
Schnell trocknen die »Zelte« – zu schnell. Kaum ist die Pappe wieder trocken, da brennt sie schon.
Offenes Feuer in freier Natur! Ich sagte doch, daß das einwandrei gegen die Vorschriften verstößt!
Und es fiel Feuer von Gott aus dem Himmel und verzehrte sie …

Man glaubt es kaum, aber der Förster hat immer noch nichts von dem Inferno mitbekommen. Wenn er wüßte, daß seine lieben Tiere in Gefahr sind, würde er gewiß helfen. Aber so …
Und nach dem Essen ein kühles Bad. Das ist eine Erholung.
Oje, oje, ojemine! Oskar, Schnabeltier, Ziege, Ossi-Bär, Ulrich, Heidi Gans, Vogel, lebt Ihr noch?
Wir hätten in die Toskana fahren sollen.
Hust, hust!
Iiiiiihhhh!
Herr Förster, Herr Oberförster! So tun Sie doch was!
Blupp, da ist der Förster gesprungen. Wutsch, gibt es eine riesige Welle. Platsch, löscht sie das große Feuer . . .
. . . und, hecht, springt der braven Förstersfrau was in die Pfanne. Ein Hecht? Quatsch, ein Karpfen. Das sieht doch jeder!
Hier sieht's ja aus wie zu Hause in der Zone.
Schüsse, Regen, Feuer, Wasser! So soll man gestärkt und ausgeruht in den Försterwahlkampf ziehen? Warum geht denn auch immer, immer alles schief?
Geschlagen ziehen wir nach Haus', die Enkel fechten's besser aus!
Und die Erde war, schnief, wüst und leer . . .
Welche Enkel denn noch!?
Einer aber erholt sich glänzend. Kein Wunder, bei dieser Diät. Und hat, so ganz nebenbei, unsere roten Strolche wieder einmal vor dem Verderben gerettet. Dabei wähnt er sie noch immer zu Hause, im sicheren Wald.
Ein wunderbarer Urlaub, was, Frau? Aber irgendwie vermisse ich unsere kleinen Schlawiner aus dem Wald richtig. Was sie wohl zu Hause gerade treiben?
Ich schätze, Kante bringt ihnen gerade die Flötentöne bei.
Auch der schönste Urlaub geht einmal zu Ende. Das nächste Mal treffen wir die Tiere wieder im Wald. Sie haben große Pläne. Im Kampf gegen die großen roten Ameisen aus dem Nachbarforst will's Ziege Scharping endlich allen zeigen. Jedenfalls geht es wieder ganz schön rund. Der Titel: »Stukas über Sarajewo.« Oder irgendein ganz anderer.

?

Wer ist das frömmste Tier auf
Erden
und möcht' im Wald gern Meister
werden?
Wer betet besser als Papst Paul,
hat einen Schnabel und kein Maul?
Ein kleiner Tip noch, das muß sein,
sonst fällt die Lösung Euch nicht ein:

Er ist kein Mensch wie ich und Ihr,
doch immerhin ein Säugetier.
Trotzdem legt dieser Bursche Eier
und steht auf einen flotten Dreier
aus Vater, Sohn und Heil'gem Geist;
sing mit, wenn Du den Namen weißt:
Johannes, Johannes,
das Schnabeltier, das kannes!

Im Erich-Ollenhauer-Haus

Warum sind die Strolche eigentlich solche verdammten Versager, ewigen Verlierer und kompletten Nullen? Die tieferen Ursachen hierfür liegen natürlich in ihrer Kindheit. Allesamt wurden sie von zwei pechschwarzen Rabeneltern adoptiert und im Heim für streunende Wald- und Wiesentiere, dem Erich-Ol-

lenhauer-Haus, nach den Lehrsätzen der Antipädagogik, der Antimaterie und der Lurchi-Ideen erzogen. Ein kurzer Blick zurück genügt, um zu wissen, daß unsere roten Racker nie eine wirkliche Chance hatten.

Die roten Strolche

Heute geht es mächtig rund im Wald: Ziege will demnächst Oberförster werden, und damit das auch jeder merkt, haben seine Freunde große Plakate gemalt, auf denen Zieges Vorzüge ins rechte Licht gerückt werden. Täglich hält Ziege vor vielen kleinen begeisterten Zuschauern eine mitreißende programmatische Rede, die er dramaturgisch bearbeitet hat. Aber ob das was nutzt?

Waldmeister gesucht!

Bei Zieges Reden schläft wirklich jeder ein. So wird das nichts mit der Oberförsterei. Aber irgend etwas möchten die Strolche auch zu sagen haben. Vielleicht hilft ihnen das Stellenangebot, das Vogel gerade entdeckt hat?
Waldmeister gesucht
Der Bewerber sollte über ein gewinnendes Auftreten, Bibelfestigkeit und Führerscheinklasse I und III verfügen.
Kandidaten melden sich umgehend bei: Herrn Oberförster Im Forsthaus 5203 Waldeslust
Hurra, Ziege wird Waldmeister!!!
Diese ewige Frömmelei geht mir auf den Keks, wie kann ich den Kerl bloß loswerden?
Erst werd ich Oberförster und dann Waldmeister, oder lieber umgekehrt???
Ziege will wirklich alles werden, aber da hat er die Rechnung ohne Oskar gemacht!
Ziege hat doch keinen Führerschein Kl I. Aber Johannes hat einen, er soll sich um das Amt bewerben!
Führerschein hab ich auch
Johannes, Johannes, das Schnabeltier, das kann es, dem fällt das Beten gar nicht schwer, und darum wird er Waldmeister!
Und ich?
Räum Du erstmal Deine Höhle auf und bezahl' Deine Schulden!
Dankeschön, Gott
Was sagt man dazu? Der freche Oskar hat es tatsächlich geschafft, die anderen zu überzeugen. Sogar Ossibär ist jetzt für Johannes. Nun muß das Schnabeltier nur noch den Oberförster um Erlaubnis fragen, und schon kann er sich für seine frommen Sprüche sogar bezahlen lassen. Denkt er jedenfalls.
Hoffentlich nimmt er mich
Nanu, niemand da?
Hier unten bin ich!
Was willst Du denn hier, Bengel?
Ich will Waldmeister werden!
Lange dauert es, bis sich der Oberförster und seine Frau von ihrem Lachanfall erholt haben. Gerade will der Hausherr den ungebetenen Besucher wieder vor die Tür setzen, da wird seine Frau vom Mitleid überwältigt und bittet darum, dem kleinen Kerl noch eine Chance zu geben. Johannes kann sein Glück kaum fassen. Mit hochrotem Schnabel hört er sich an, was der Förster ihm aufbindet.
Der Beruf des Waldmeisters ist hart. Der alte Silberfuchs, der mir viele Jahre treu gedient hat, ist davon ganz wirr im Kopf geworden. Deshalb muß ich Dich genau prüfen. Ich werde Dir 7 Aufgaben stellen, wenn Du die zu meiner Zufriedenheit löst, sollst Du übers Jahr Waldmeister werden.
Das schaff ich nie

Waldmeisterschaften 94
Qualifikationskämpfe
Er muß seine Wischtechnik verbessern
Deine erste Aufgabe lautet: Komplettreinigung des Forsthauses in 60 Minuten! Und los!!
Johannes legt sich mächtig in Zeug. Schwingt Besen und Scheuertuch, putzt und wienert wie der Teufel und erreicht das Ziel in neuer Rekordzeit.
Du schaffst es, Johannes!
58 Minuten und 13 Sekunden, Respekt, Respekt!
Als Waldmeister muß man ja so einiges können. Der arme Johannes! Zehn Klafter Holz in 30 min hacken, 1 dz Kartoffeln schälen, alle Försterschuhe putzen, 1 Liter Schmierseife auf ex trinken …
Gehört das wirklich zu den Pflichten eines Waldmeisters? Aber mit Hilfe seiner Freunde löst das Schnabeltier alle Aufgaben zur Zufriedenheit des Oberförsters – sogar den einen Tag als Fußmatte hält er klaglos durch.
Diese Schnabeltiere sind doch sehr praktisch!
HAXN ABKRAZN
Nur noch eine Aufgabe, dann ist Johannes Waldmeister. Eigentlich kein Problem, denn jetzt geht es um sein Spezialgebiet: Er soll dem Oberförster ein zehngängiges biblisches Menü kochen und servieren. Nichts leichter als das für unser Schnabeltier!?
Hoffentlich ist alles al dente
Menüe
• Vorspeisen •
Palmwedelsalat,
Fischbrötchen, Linsensuppe
• Hauptgang •
Heuschrecken mit Honig, gebratenes Lamm, Schnitzel à la Mariä
• Nachspeise •
Manna naturel, Mus de pommes, Brot
• Schmankerl •
Essig an Schwamm
Eine jesusmäßige Mahlzeit hat Johannes dem Förster beschert. Der kann kaum noch papp und schon gar nicht mehr amen sagen. Ist Johannes jetzt Waldmeister? Das kann ja wohl nicht wahr sein? Der Oberförster probiert nur noch »Essig am Schwamm«, dann fällt er sein Urteil:
Pfui Spinne, das schmeckt ja nach Kork!!! Nein, Johannes, so wirst Du nie Waldmeister! Ich nehm doch lieber jemand aus den Beitrittswäldern, die sind anstelliger.
Er hat recht, ich hätte mich mehr anstrengen müssen
Beim nächsten Mal will sich Ziege das Gehirn des Försters einsetzen lassen. Aber ist das nicht eine Nummer zu groß für ihn? Die Antwort steht in der folgenden Folge mit dem Titel: Der Kandidat des Grauens. Oder irgend etwas in der Art.

Oskar

Champagner nur zum Zähneputzen
würde Oskar nie benutzen!
Ja, bei den Strolchen gibt es keinen,
der sich so auskennt mit den Weinen.
Ob ein Wein weiß ist oder rot,
sieht er sofort, Schockschwerenot!
Und Kabinett kennt er nur eins:
das ist das Prädikat des Weins!
Doch nicht nur Trinken macht ihn froh,
er liebt auch seine Libido.
Denn in den Klauen dieses Dachs'
wird jede Frau sofort zu Wachs.
Französisch kann er auch parlieren,
wer wird da nicht sein Herz
verlieren?

Vom Vivre kennt er das Savoir,
geboren ist er an der Saar.
Nun ist er, das betrübt am Rande,
ein Mitglied der Versagerbande,
bei der nichts klappt und nichts gelingt
und Ziege überhaupt nichts bringt.
Ach, deshalb trinkt der Dachs so viel:
nur wegen Zieges Führungsstil!

Die roten Strolche
Wald- & Wiesenbote
Schon 10 Milliarden Ameisen arbeitslos
Wo soll das noch enden?
Waldeslust. Mit dem Wald geht es immer weiter bergab. Wie das Waldameisamt gestern mitteilte, waren im letzten Monat bereits über 10 Milliarden Ameisen arbeitslos. Dazu unser Förster: »Die Talsohle ist bald erreicht. Dann geht's die Ameisenhügel wieder aufwärts…«
So finster war es schon lang nicht mehr im Wald. Und bitter-, bitterkalt. Wohin man auch blickt: Die schrecklichen Folgen der Massenameislosigkeit!
Na gut, daß wenigstens wir noch Arbeit haben.
Wieso? Was arbeiten wir denn?
Stimmt! Prost!
Ora et labora!
Geschlossen
Trinkhalle
Deutsche Ameis Front

Ulrich hat recht. Wir tun doch gar nichts. Wir alle sind ...
Iiiiiihhhhh. Ich bin arbeitslos!
... arbeitslos!
Die Ziege, ein arbeitsloser Meckerpott, der Förster werden will? Da stehen die Chancen aber gar nicht gut.
Schnarch! Was ist denn Arbeit überhaupt? Rahhhpühh!
Besser nicht. Prost!
Ossi-Bär hat recht. Guck mal im Godesberger Programm nach, Vogel.
Uno momento! Arbeit, Arbeit. Arbeiterdichtung: Wer die Arbeit kennt, der rennt! Nein, hier. Arbeit: das ist Kraft mal Weg.
Kraft habe ich. Aber wo ist der Weg?
Und wo ein Ziel ist, ist auch ein Weg, spricht der Herr.
Der Weg ist das Ziel!
Was macht ihr hier eigentlich die ganze Zeit?
Wir sind arbeitslos und stehen Schlange.
Arbeitslose müssen Schlange stehen. So ist das also. Und vielleicht ist das auch der Weg, den unsere roten Racker suchen? Da reihen sie sich doch einfach mal alle ein. Bis auf Ossi-Bär, der weiterpennt und nicht wachzukriegen ist. Tja, der Winter steht vor der Tür, und da ist es der Zoni gewöhnt, sich zusammenzurollen und ein halbes Jahr zu schlafen.
Lustig ist der Arbeitsmann, wenn er Arbeit kriegen kann.
AMEISAMT
Macht hoch die Tür, die Tohor macht weit ...
Ich will einen Job als Ameisenficker. Prost!
AMEISAMT
Hier soll's wirklich Arbeit geben? Das sieht eher so aus wie bei Potemkins unterm Sofa!

Halt, Strolche! Seht ihr die Falle nicht. Das ist doch das gierige Maul des …
… Oberföööööööörsters!! Zu spät. Die ganzen Strolche gefangen im riesigen Bauch ihres ärgsten Feindes. Ade Sonnenlicht, ade Försterkandidatur, ade!
Ach hier steckst du die ganze Zeit, Björn!
Ächz!
Stöhn!
Betriebsrat Am Arsch
Amino Säure
Fett
Calcium
So muß es in der Hölle sein. Und ein kleines schwarzes Teufelchen spielt den Takt dazu.
Schneller, faule Bande, sonst streich' ich euch die Karenztage.
Mir wird ganz blümerant.
Alle Strolche verloren. Alle? Nein, einer hat die ganze Katastrophe schlicht verschlafen. Gerade wacht er auf. Ist schon Frühling? Kommt der Aufschwung-Ost? Gibt's Begrüßungsgeld?
Huhu. Wo seid ihr? Hallo. Ich muß euch was erzählen. Ich hatte einen fürchterlichen Traum …
Doch keiner antwortet dem zotteligen Ossi-Bär. Nur der alte Oberförster sitzt an gewohnter Stelle. Und gibt eine ganz ungewohnte Antwort. Wirklich sehr seltsam, diese Strolche-Folge.
Wald-&Wiesenbo
Glückwunsch, Herr Förster: Endlich wieder Vollbeschäftigung! Alle Arbeitslosen verschwunden
Und Du willst wirklich nichts essen, Schatz?
Nein, danke. Mir geht's heute nicht gut. Ich spür' da so ein merkwürdiges Pochen im Magen.
Traum oder Wirklichkeit? Castaneda oder Böll? Weiß man's? Fest steht nur, daß unser Förster wieder einmal gesiegt hat. Kurz vor der Försterwahl gibt es keine Arbeitslosen mehr. Aber was wurde aus unseren roten Freunden? Schuften sie wirklich im Magen des Oberförsters? Oder hecken sie irgendwo einen neuen lustigen Streich aus? Bald steigt wirklich keiner mehr durch, erst recht nicht bei der nächsten Folge: »Schnabeltier, mir graut vor dir!« Oder vor einem ganz anderen.

Heidi

Die Dame hier auf diesem Bild
macht uns're Strolche ziemlich wild
und ist, auch wenn ihr das nicht schmeckt,
hauptsächlich Sexualobjekt!
Besonders für den frechen Dachs
(Ihr wißt: die Sache mit dem Wachs).
Jedoch, es will ihm gar nicht glücken,
die blöde Gans an sich zu drücken.
Auch Ziege würde sie gern bügeln,
doch Heidi schlägt nur mit den Flügeln.

Selbst Ulrich wird sie niemals stopfen,
verloren sind da Malz und Hopfen.
Der Grund, warum sie sich geniert:
Die Heidi ist emanzipiert
und damit auch für uns're Knaben
nicht für ein Butterbrot zu haben!
Nein, wer die Gans becircen will,
der schreibe heimlich und ganz still
und formuliere jetzt und hier
ein strammes Strategiepapier.
Dann wird das Gänschen endlich seins,
und zwar am Tag des Ortsvereins!

Die roten Strolche
Fröhliche Weihnachten
Und es begab sich aber zu der Zeit, da der Oberförster Herr über den ganzen Wald war, daß das liebe Weihnachtsfest einmal mehr vor der Tür stand. Und es waren Strolche in derselben Gegend auf einer Lichtung bei den Bäumen, die konnten die Bescherung kaum noch abwarten.
Noch ein bißchen Stroh, dann ist's vollbracht.
Rrrahhpühhh.
Und habt Ihr auch alle Eure Wunschzettel fertig?
Für Oskar, den Stern.
...erst eins, dann zwei, dann drei, dann vier, ich halt's nicht aus vor lauter Gier. Oh, absolve me, Gott!

An den lieben Weihnachtsmann
Hochverehrtes Christkind
Hier, hier
Einen Moment: »... und eine Kiste total super Wein, der auf der Zunge zergeht, unheimlich teuer ist und keine Kopfschmerzen macht.« Fertig!
Jetzt aber fix zum Waldbriefkasten, Strolche!
Bitte, bitte, bitte.
Wenn ich dieses Jahr die süße kleine Spitzencorsage nicht bekomme, tu ich mir was an.
Traritrara, trara, die Schneckenpost ist da! Bei Briefen und Paketen, da müßt Ihr eifrig beten, vergeßt das bei den Päckchen, die schenk' ich meinem Schneckchen. Traritrara, trara...
... bitte, bitte..!
Kaum zwei Tage später.
Weit sind die Wunschzettel nicht gekommen. Der gemütliche Waldbriefträger hat sie allesamt direkt beim Oberförster abgeliefert. Das hätten wir uns schon fast gedacht, oder?
Will noch frommer werden, also bigotter, denn zwei Götter sind besser als
ich mir, daß ich endlich meinen blöden Bart meine doofen Hörner verliere und viel dicker werde, damit ich wie der Oberförster aussehe und
Dein immer braver Ulri
Dein bravissimo Oskar
die schnuckelige und echt süße Corsage gibt's übrigens bei Dessous-Specht, An der Buche 6
Und jetzt das beste: »... und mach, daß das alte Ekelpaket von Oberförster bald platzt oder sonstwie jämmerlich verreckt. Das wünscht sich ganz intensiv: Deine immer liebe Ziege«
Hahaha, der hat Nerven!
Ein paarmal wurden sie noch wach, heißa, dann war Weihnachtstag. Dieses Jahr haben sich die Strolche etwas ganz Besonderes einfallen lassen: Ein Krippenspiel.
Prost, mein eingeborener Sohn, hihihi.
Ein bißchen mehr Ernst, Genosse Joseph!
Bitte, bitte, laß mich doch noch Waldmeister werden!
Klingeling, bimmelt's in der Ferne. Ob da wirklich noch der Weih...
Ho, ho, ho. Hohohohoho!

Wie demütigend.
Hohoho. Brrrrr, mein Brauner. Brrrrrrr.
... nachtsmann kommt? Potzblitz, da ist er schon.
Wart Ihr denn auch alle brav, Ihr Strolche?
Noch braver.
Bien sûr!
Das hört man gern. Hohohoho! Dann schaut mal, was ich Euch mitgebracht habe.
Ich werd' weich. Die Corsage.
Das Godesberger Programm mit Goldschnitt.
Platzen soll ich, was? Jämmerlich verrecken, wie? Hohohoho!
Süßer die Glocken nie klingen...
Nimm deine Hände da weg, Joseph!
Aua! Aua! Aua!
Oje! Das ist ja eine schöne Bescherung!
Ich faß es nicht. **Ein** Wunsch ist wirklich in Erfüllung gegangen.
Parbleu! Was war das?
Wer war das?
Hüh, mein Brauner, hüh! Hohohohoho!
Hihihihi. Ich glaube, mein Sohn, die Weihnachtsgeschichte muß umgeschrieben werden.
Da ist unserem Herrn Oberförster wieder einmal ein ganz toller Streich gelungen. Zur Feier des Tages speist er im Haus: All die schönen Sachen, die die Strolche zubereitet haben. Und die Försterin hat heute einmal frei. Nur das brave Rentier kann das schöne Fest nicht so recht genießen.
Eins muß man den Strolchen lassen: Kochen können sie. Hohohohoho.
Aber sonst nichts, hihihi.
Er hat mir versprochen, daß ich sein Nachfolger werde, er hat mir versprochen, daß ich...
Dieses Weihnachtsfest werden unsere roten Freunde wohl nicht so schnell vergessen. Ein Weihnachtsmann, der nichts außer Prügel bringt und dann noch mit dem Festtagsschmaus verschwindet. Ein Rentier im Rollstuhl. Und dieses schreckliche Lachen, das ihnen immer noch in den Ohren klingt. Doch beim nächsten Mal kommt es noch dicker. Die heiligen drei Könige kommen zu Besuch: King Lear, King Kong und Stephen King. Und feiern im Stall zu Bethlehem einen F.D.P.-Parteitag. Oder irgend etwas noch viel Grausameres. Hohohohoho...

Ossibär

Ein halbes Jahr ruht er sich aus,
den Rest verschläft er gern zu Haus.
Die Arbeit liegt ihm nicht so sehr,
sogar das Aufsteh'n fällt ihm schwer.
Bei karger und sehr schmaler Kost
erwartet er den Aufschwung Ost –
und das seit über tausend Tagen;
was soll man dazu bloß noch sagen?
Doch gibt es Honigsubventionen,
hört Ossibär auf, sich zu schonen.

Dann kommt er sofort angerannt
mit sehr weit aufgehalt'ner Hand.
So manchen dicken Bargeldbatzen
trug Ossibär mit beiden Tatzen
in seine dunkle Höhle 'rein –
der Förster findet das gemein.
Anstatt sich doch einmal zu schämen,
weil alle sich so schrecklich grämen,
leiht sich der Bär ganz unverdrossen
sogar noch Geld von den Genossen.
Die Rückzahlung kann man vergessen,
denn darauf ist er nicht versessen.
Den schönen Wald gibt's bald nicht mehr,
und schuld daran ist Ossibär!

Was ist denn h

Wer dieses Durcheinander erklären will, der muß ein guter Spurenleser sein. Doch Vorsicht, einige Fußabdrücke sind leicht zu verwechseln! Schnabeltier ist z. B. kein Vogel, hat aber Füße wie Heidi Gans. Weil er meistens auf den Knien 'rumrutscht, hinterläßt er allerdings nur Schleifspuren. Eine seltsame Laune der Natur, oder?

Björn hat auch Füße mit Schwimmhäuten, aber ihr erkennt ihn problemlos an den Aschehäufchen, die er von Zeit zu Zeit ein Stück weit fallen läßt.

Und Ossibär? Der verursacht praktisch keine Spuren, weil er sich so gut wie nie bewegt.

Wer das Strolche-Buch bis hierhin aufmerksam gelesen hat, der wird sowieso alle Abdrücke sofort erkennen, sogar die vom Förster und seinem Spießgesellen. Und der weiß auch die Antworten auf unsere Fragen: Warum laufen in der Mitte der Seite so viele Spuren zusammen? Wer ist von wo gekommen? Wer war zuerst da, und wer hat zuletzt gelacht? Für »Strolchologen« natürlich kein Problem!

er los?

Die roten Strolche

In China

Hohhohohoho ... Pardon, das ist die falsche Folge. Eher: Dong Fang Hong. Das ist nämlich chinesisch, heißt ›Der Osten ist rot‹ und will uns sagen, daß der Oberförster nach China gereist ist. Er möchte dem chinesischen Oberförster Peng ein paar Millionen Klafter Holz verkaufen. Und nebenbei natürlich lecker essen gehen. Hier steht er gerade mit seiner Frau und Förster Peng zusammen und genießt den sagenhaften Ausblick auf den ›Platz des himmlischen Friedens‹.

Sie stifteten immel wiedel Unluhe und benahmen sich höchst unfein.
Leiswein fül alle und fleie Liebe. Plost, Hei-Di!
Fleiheit, Fleiheit!
... und laß das atheistische Fölstel-kollektiv zuschanden welden.
Wil haben ihnen dann ein wilksames Beluhigungsmittel velschlieben. Das half!
Großartig.
LEIS WEIN
Splitz!
Tlinkt das, veldammte Fölstelbonzen!
Iiiiiiiihhhh.
Der Oberförster hat's mal wieder geschafft: Die paar Millionen Klafter Holz sind verkauft. Förster Peng überreicht ihm zum Abschied noch ein total wertvolles Geschenk.
Das ist das Dalai Lama, das weiseste Tiel del Welt. Halte es in Ehlen und behandele es gut ...
WALD AIRLINES
Toll.
Dasein ist immer unterwegs. Stehen und Bleiben sind nur Grenzfälle dieses ausgerichteten ›Unterwegs‹
Kaum zu Hause angekommen, macht sich der Oberförster sofort an eine geheimnisvolle Arbeit. Was, um des himmlischen Friedens willen, hat er vor?
Hämmer, säg, bohr, klopf.
Wir nennen das im Besorgen begegnende Seiende das Zeug. Zum Sinn von Zeug gehört immer ein Zeugganzes. Zeug ist wesenhaft ›etwas, um zu ...‹
Nach zwei Wochen ist der Oberförster fertig. Aber was für Zeugs hat er gebastelt? Und wozu?
Und was treiben eigentlich unsere lieben Strolche die ganze Zeit? Na, jedenfalls nichts Vernünftiges.
Kommt denn nichts mit großen Brüsten?
Ooooh, die Maus. Wie niedlich.
Mona Lisa! Mona Lisa!

Zack, hat Ziege die Maus weggezappt und seine Lieblingssendung angeschaltet: die Lindenstraße. Na, das gibt einen Streit. Hört doch auf, Strolche! Seht Ihr denn nicht den schrecklichen Schäuble-Panzer, der auf Euch zurollt?
Nimm die Tabletten nicht, Berta!
Wo ist die liebe Maus geblieben?
Iiiiiiihhh. Ich krieg die Krise ohne Mona Lisa.
Los, sofort was mit großen Brüsten!
Das hat der Förster also gebaut: einen schrecklichen Schäuble-Panzer. Er soll die Strolche vernichten. Aber …
Anhalten, Chef, sofort anhalten!
Mit dem Ding stimmt was nicht!
Tatsächlich. Die Fernbedienung der Strolche sendet nämlich auf derselben Frequenz. Bei jedem Umschalten dreht der Schäuble-Panzer eine kleine Pirouette.
Das ist frauenverachtend, Oskar. Schalt sofort zurück.
Iiiiiiihhhh.
Maus, Maus, Maus!
O nein! Nicht!!
Rawummms …
Daseinsmäßig ist der Tod nur in einem existentiellen Sein zum Tode.
… und Schluß.
Wer von Euch hat denn auf »Demolition Man« umgeschaltet, Genossen?
Aber immer!
Ich hasse ihn, ich hasse ihn …
Ha, haha
Das in der Entschlossenheit liegende, vorlaufende Sichüberliefern an das Da des Augenblicks nennen wir Schicksal, was, Frau?
Sollten die Strolche dem Oberförster zum ersten Mal eine Schlappe beigebracht haben, wenn auch nur aus Versehen? Auf den ersten Blick scheint es so. Doch auch der Oberförster macht einen ganz zufriedenen Eindruck. Recht hat er. Denn sein mißglückter Anschlag hat ihm nicht nur einen saftigen Braten eingebracht, sondern er ist auch gerade unüberhörbar dabei, die Weisheit mit Löffeln zu fressen. Das kann beim nächsten Kampf gegen die kleinen roten Racker nur von Vorteil sein, wenn Ziege die Frage stellt: »Ist In-Sein der formal existentiale Ausdruck des Seins des Daseins, das die wesenhafte Verfassung des In-der-Welt-seins hat?« Oder etwas ganz anderes?

Ulrich

Ein Fuchs, der auch noch Ulrich heißt,
der hat's nicht leicht, wie Du wohl weißt,
der hat's im Gegenteil sehr schwer,
auch wenn er nicht ein Rotfuchs wär.
Egal, was dieses Tier ersinnt,
ein jeder denkt sofort: Der spinnt!
Für fremde Tiere in dem Wald
will er begrenzten Aufenthalt;
auch will er, daß des Försters Schranzen
zur Sicherheit den Wald verwanzen,
damit man endlich alles hört,
was uns're roten Strolche stört.
Der Fuchs ist wirklich zu bedauern,
da kann er noch so lange lauern.
In Wirklichkeit, da stört nur er,
denn Ulrich, den braucht keiner mehr.
Warum, so fragt man sich beklommen,
hat man ihn in dies Buch genommen?
Na, weil, das weiß doch jedes Kind,
die Füchse leicht zu zeichnen sind!

Die roten Strolche

Im Wartesaal der Geschichte

Es ist wie verhext: Obwohl die Strolche nur Unsinn treiben und Ziege, wie der aufmerksame Leser weiß, nichts anderes ist als eine absolute Null und ein totaler Versager, sind er und seine Bande im Wald populärer denn je. Und das so kurz vor der Oberförsterwahl. Da hilft alles nichts: Der Herr über den Wald muß handeln, bevor es zu spät ist. Geld muß her, viel Geld, für einen Wahlkampf, wie ihn die Waldbewohner noch nicht gesehen haben. Aber woher nehmen, wenn im kranken und maroden Wald nichts zu holen ist?

Verschwunden ist der heimatliche Wald, unsere roten Racker sind offensichtlich in Rom. Aber was für ein Rom? Vom dolce vita keine Spur. Im Gegenteil.
Gaudeamus igitur, latrones!
Leg' den Hebel um, Ossi-Bär! Wir müssen zurück!
Aber ich kann doch nur Trabbi fahren…
Er hat uns 'reingelegt!
Alarm, Alarm!
CAESAR AVGVSTVS BEBEL
Godesberger Brand-schutz-
…und erlöse uns von dem Übel…
Nunc est bibendum!
»Eins, zwei, drei im Sauseschritt, saust die Zeit, wir sausen mit.«
Eine Ratte mit Schnabel kann ich nicht gebrauchen. Stirb aus, Mißgeburt!
Unser braver Ossi versteht wirklich nichts von Zeitmaschinen. Die sind auch äußerst selten Zwei-Takter.
Bitte nehmen Sie mich mit. Ich bin das gläubigste Tier der Welt.
Iiiiihhh.
Das wirst Du noch bereuen, Fettwanst! Spätestens bei der Oberförsterwahl…
Reg' Dich ab, Ziege. Die Wahl ist erst in 65 Millionen Jahren. Schnapp Dir eins von den Eiern, Ossi. Und dann zurück zur Zeitmaschine.
Gar nicht so dumm, unser Ulrich. Wenn die Strolche ein echtes, frisches Dino-Ei in die Gegenwart mitbringen, dann sind sie es, die Geld haben. Genug Geld für einen tollen Ziege-Wahlkampf.

Hier fehlt das schöne Busch-Zitat, damit man was zu denken hat.
Nein, Ossi, ich fahre!
Fast hätten es unsere Helden zurück in die Gegenwart geschafft. Aber der korrekte Vogel hat sich strikt an die Lichtgeschwindigkeitsbegrenzung bei Alpha Centauri gehalten. Und deshalb...
Iiiihhh.
Der altböse Feind mit Ernst er's jetzt meint
Hört das denn nie auf?
Welcome Mr. President Dallas, 22.11.1963
ELM St
HOUSTON St
Go to hell, red bums!
Laßt mal Käpt'n Ziege ans Steuer.
Puuuuh, Strolche! Das war mal wieder knapp. Ziege hat jetzt aber die Faxen endgültig dicke.
Aua! Ojemine! Ächz!
Sieh an. Unsere Urknallchargen sind wieder da. Und haben sogar was mitgebracht...
Oh nein, mein Ei...
Auch Zieges Zeitmaschinenfahrkünste sind nicht das Gelbe vom Ei. Apropos Ei...
Ave Ziege! Haben wir uns zum Konsul wählen lassen? Dann verzichtest Du wohl aufs Försteramt?
Warte nur, Plumpsack! Bald wird Dir das Lachen vergehen.
Potius amicum quam dictum perdere.
Eigentlich hatte der Oberförster unseren Strolchen ein schönes Donnerwetter bereiten wollen. Aber dafür haben sie schon wieder selbst gesorgt. Und so ist er bester Stimmung. Diese Tränentiere sind wirklich keine echten Gegner. Oder?
Ein durch und durch lehrreiches Strolcheabenteuer. Wir streiften die Wissensgebiete Geschichte, Altphilologie, Anglistik, Theologie, Astrophysik, Relativitätstheorie, Ballistik und Psychotik. Ohne ein abgeschlossenes Hochschulstudium von zwanzig Semestern ist diese Folge nicht zu verstehen. Beim nächsten Mal aber kommt's noch doller: Unsere roten Racker stoßen ins phantastische Reich der Mikrobiologie, der Genetik und Quantenphysik vor. Ossi verwandelt sich in die niedrigste aller Lebensformen, eine fünfzig Stockwerk hohe Amöbe, während Ziege in ihre Elementarteilchen zerfällt. Oder in etwas ganz anderes.

Vogel

Er ordnet alles sofort ein,
in seine Ordner paßt was 'rein;
er heftet alles sorgsam ab,
drum sind im Wald die Hefter knapp.
Und jeden Bleistift spitzt er an,
so spitz, wie wohl nur er es kann,
auch locht er jedes Blatt Papier,
kein ungelochtes Blatt gibt's hier.

Sogar für ganz besond're Fälle,
da weiß er etwas auf die Schnelle:
Denn wozu gibt es Klarsichthüllen?
In die, da kann man alles füllen.
Wie groß die Schwierigkeit auch sei,
das ist ihm völlig einerlei –
was riesig schien, das wird zum Zwerg
mit dem Programm aus Godesberg!
Doch willst Du diesen Vogel braten,
dann kann ich Dir dazu nicht raten:
Er ist ein viel zu alter Knochen,
und außerdem heißt er Hans-Jochen!

Die roten Strolche

Die Entscheidung

Uuuuuh, ist das spannend. Nur noch wenige Tage, dann wird der neue Oberförster gewählt. Alle Tiere des Waldes haben sich vom Wahlkampffieber anstecken lassen. Unsere kleinen roten Racker geben ihr Letztes für Ziege. Aber ist das auch genug?

Versucht ZIEGE zu wählen!!
Im Wald und auf der Heide mit Försterreichts für beide
. . . daß Ziege zu mager ist. So gewinnt er nie.
C'est vrai, mon cher Ulrich! Prost!
Da hilft nur eins: Wenn Ziege überhaupt eine Chance haben will, dann muß er essen...
Ich will so bleiben, wie ich bin.
Du darfst nicht!!
Trüffel à la bebelaise. Probier mal!
...essen...
Ah, das ist es: Mastschwein à la Kluncker.
Godesberger Kochbuch
Dresdner Stollen, gefüllt mit Sättigungsbeilage. Lecker.
Ich bin so satt, ich mag...
Komm, Ziege! Schön fetter Eierlikör mit Sahne! Ein Löffelchen für Willy, eins für Ollenhauer...
Köstliches Manna, direkt vom Himmel gefallen!
. . . kein Blatt. Mäh, mäh!
Sieh mal, Ziege! Ein gebratenes Täubchen. Beiß zu
...essen.
Wald Tankstelle
Reichen fünf Atü?
Mehr! Mehr!
Wenn der Kandidat partout nicht essen will, dann muß man sich anders helfen.
VERSUCHT ZIEGE ZU
. . . und der Geist schwebte über dem Walde.
Hurra! Der Aufschwung-Ost ist da!
Dicker geht's nicht! Ziege!
Nach Volumen hat Ziege schon jetzt klar gewonnen. Und ein tolles Wahlmobil ist er obendrein.
ZISCH
PENG
Aaaaaaaaaaaah!
Iiiiiiiiiiii . . .
Oje!

Na, das ging gründlich schief. Aber der Landeplatz kommt unseren roten Rackern gar nicht so ungelegen.
SOFT EIS
Schoko
. . . iiiiiiiiiiih.
Ah, Kollega Ziege, musse auch probiere Himbeer.
Klar: Mit heißer Luft allein ist dem korpulenten Oberförster nicht beizukommen. Aber der Wald-und Wiesenrummel bietet viele Möglichkeiten, einen widerspenstigen Kandidaten wirklich fett zu bekommen.
Mein Gott, verzeih mir.
Kommen Sie näher, Mesdames et Messieurs, jeder Wurf ist heute gratuit. Nur für die gute Sache.
Hau den LUKAS
Unglaubliche Möglichkeiten.
Hau zu, Ossi! Denk an Bischofferode!
Langsam gehen die Schnukkelvorräte des Rummels zur Neige. Aber Ziege ist immer noch nicht rund genug.
Ziege BOSNIEN NOT HILFE
Mehr! Mehr! Um Gottes willen, wir brauchen mehr!
SCHLEMMER BAHN
Wirklich phantastische Möglichkeiten.
Iß, Fremder, iß! Huuuuaaaahhhhhh.
Willst Du 'nen Ranzen, voll extrem, iß mich, die Nuß- und Nougat-Creme!
Nutella Berg
Ich bin eine Kalorienbombe, hähähähä . .

Da mußt Du durch, Ziege!
Ich, gluck, platze, gluck, gleich!
Keiner kommt hier mager raus!
Schreckens-kleiderkammer
Nur noch die Bierfälle und die Schokokanone, dann ist's gleich geschafft!
Doch das Allerschlimmste passiert jetzt. Gut, daß wir nichts davon sehen können.
Nein! Nur nicht das!
Paßt perfekt!
Ja, was bloß?
Wir kommen nun zu den beiden Spitzenkandidaten der Oberförsterwahl: Ihro Korpulenz, unserem verehrten Herrn…
Was habt ihr mit mir gemacht, ihr, ihr, ihr… STROLCHE!!!
…Oberförster mit einem Kampfgewicht von über 5000 Pfund, und seinem chancenlosen, mageren Herausforderer Rudi Ziege…
Und so endet dieses Buch mit einer Überraschung, mit der wohl keiner gerechnet hatte. Oder etwa doch? Damit ist das Rennen wieder vollkommen offen. Doch bereits jetzt steht fest: Auch der nächste Oberförster heißt Oberförster oder eben Oberförster.
…ich korrigiere: seinem ebenso korpulenten, extrem chancenreichen Herausforderer Rudi Ziege!
Ich hätte nie gedacht, daß so viel in Ziege steckt.
Ich glaube, ich sollte mit dem Trinken aufhören! Prost!
Hurra, Hurra!
Wir haben's geschafft.

Dies ist der offizielle Stimmzettel zur Bundesoberförsterwahl 1994. Kreuzen Sie in streng geheimer Wahl den Kandidaten Ihres Vertrauens an, klappen Sie dieses Buch zu und werfen Sie es am Wahlsonntag in Ihrem Wahllokal in den dafür vorgesehenen Behälter. Genau vier Jahre später erhalten Sie von der Bundesregierung ein neues Buch mit vollkommen aktualisiertem Inhalt.